U0473627

我歌月徘徊

诗词新作选集

陆彩荣 著

NEWSTAR PRESS 新星出版社

图书在版编目（CIP）数据

我歌月徘徊：诗词新作选集 / 陆彩荣著 . -- 北京：新星出版社，2025.6. -- ISBN 978-7-5133-6030-2

Ⅰ . I227

中国国家版本馆 CIP 数据核字第 2025W9U534 号

我歌月徘徊——诗词新作选集

陆彩荣 著

责任编辑 林 琳 **责任校对** 刘 义

责任印制 李珊珊 **排版制作** 刘洁琼

装帧设计 冷暖儿

出 版 人 马汝军

出版发行 新星出版社

（北京市西城区车公庄大街丙 3 号楼 8001 100044）

网 址 www.newstarpress.com

法律顾问 北京市岳成律师事务所

印 刷 北京雅昌艺术印刷有限公司

开 本 787mm×1092mm 1/32

印 张 8.5

字 数 85 千字

版 次 2025 年 6 月第 1 版 2025 年 6 月第 1 次印刷

书 号 ISBN 978-7-5133-6030-2

定 价 58.00 元

版权专有，侵权必究。如有印装错误，请与出版社联系。

总机：010-88310888 传真：010-65270449 销售中心：010-88310811

序言

“我歌月徘徊”是诗人李白《月下独酌》四首诗歌中的诗句，这种人与自然相伴相生、同声共气的意象，是诗人诗情与诗性的生动体现。诗既源于生活，又高于生活，生活永远是诗歌的源泉。诗歌为人类生活增添了无限想象与美学的空间。

诗与远方是人文意趣的体现，而诗意栖居则是古今人类共同的追求。在生活中发现美好，在美好的环境中生活，是人类的梦想与追求，亦是人类社会生存发展的不懈探索。

呈现在各位眼前的这本诗集，是作者在日常工作、生活之余，即兴写就的一些诗性文字。有对春夏秋冬的感悟，对人类文明的感叹，也有对创造性工作的赞美，更有对家国情怀的赞赏。

诗言志，言为心声。中国诗歌历经数千年积淀，形成了独特的审美体系与精神品格，汇成了各美其美、美美与共的诗歌长河，留下了诗情画意的浩大诗库。

中国诗歌始终与文明同行，与社会同进。诗歌传统首先是强调精神内核，反对无病呻吟。儒家诗教构建了“温柔敦厚”的美学原则，《毛诗序》确立的“经夫妇，成孝敬，厚人伦，美教化”观念，使诗歌承担着道德教化的文化使命。从《公羊传》的“饥者歌其食”到杜甫的“穷年忧黎元”，这种对现实的关怀始终贯穿诗歌发展史，构成现实主义的传统支柱。

同时，诗歌作为一种文学创作形式、一种文化与文明的传承方式，中国诗歌在历经数千年的演变和发展中，创造了不同于世界其他文明的独特的意象符号系统，形成了独具中华民族特色的格律形式的艺术自觉。

陶渊明的“东篱菊”象征隐逸人格，李白的“明月”承载乡愁，苏轼的“江海”寄寓人生豁达，郑板桥的“竹枝竹叶”寄托民间疾苦……这些意象通过历代诗人的诗意书写，形成了具有文化密码性质并传承不息的象征体系。

而诗歌格律的演变，从永明声律到近体格律，诗歌在形式美学的探索中达到巅峰。李清照《词论》强调“别是一家”，揭示诗词在声韵、对仗方面的精密规范。这种形式的自律性，使得中国诗歌在形式与内容上兼具了建筑之美与音乐之美，形成了东方诗歌美学。

这本诗集中的全部内容，都源自作者工作、生活中的感受、感悟及感叹。当今社会，工作节奏快速、社会发展加速、技术拓展日新月异，作为生活在当下的文人如何捕捉日常生活中的诗意，并运用由传统中接受来的创作方式进行个性化的创作？既对接伟大的文学传统，又展现现代风华，在吟诵咏叹中完成诗情的转化，这是摆在诗词爱好者乃至文人志士面前的时代课题。

江山留胜迹，吾辈复登临。大好的神州江山，美好的日月天地，亿万人民共同追求的中国梦，尤其是中华大地上日新月异的成长变化，为文学创作，尤其是诗歌创作提供了丰厚的素材，激发了无尽的灵感诗情。我们有幸生活在这样一个同心共筑中国梦、奋力推进人类命运共同体建设的新时代。目之所见、耳之所闻、脑之所想、心之所感，都能够以诗歌的形式呈现出来，不也是人生之一大幸事吗？

诚如叶嘉莹所言，“诗词的意义在于不断被赋予新的生命”。这种生生不息的生命力，才是人文诗歌传统延续传承的根本保证。

当前，人工智能快速发展，大数据的运用为人工智能进行诗歌再造提供了新的空间，也对当代诗歌创作提出了新的挑战。面对新时代、新挑战，中国诗歌的传承、发展、创新艰巨而复杂，也更加重要而迫切。

文学与诗歌创作需要直面现实，建立动态演进的“传统观”“发展观”与“进化观”。在创作实践中，既要接续传统，在教育体系中强化“声律启蒙”等基础训练，也要鼓励先锋实验突破形式边界。更重要的是，要培育能够将个体生命体验转化为诗性智慧的创造主体，使诗歌真正成为时代精神的审美表征。

诗性诗情是人的生命体验的重要形式与载体，是作为万物灵长的人类的情感与理性的外在表现。发乎中而形乎外，这是人类的美好创造与生命享受。

至少就目前而言，人工智能作诗系统虽能模仿格律，但缺乏生命体验的深度，不知道眼泪与情感是怎么有机联系的？阳光与月亮，怎么就会让人昂扬与陶醉？从这个意义上说，人与人工智能将长期和平共处、友好合作，共创未来。

感谢新星出版社精心编辑、出版这本小诗集，使作者的诗歌创作成果得以与读者诗友见面。诚望方家批评指正！

在诗歌创作的漫漫征程上，我们永远在路上。学无止境，创作无止境。愿诗意的花朵永远芬芳，香飘世界，醉美人间。

陆彩荣

2025 年 2 月于京华

目录

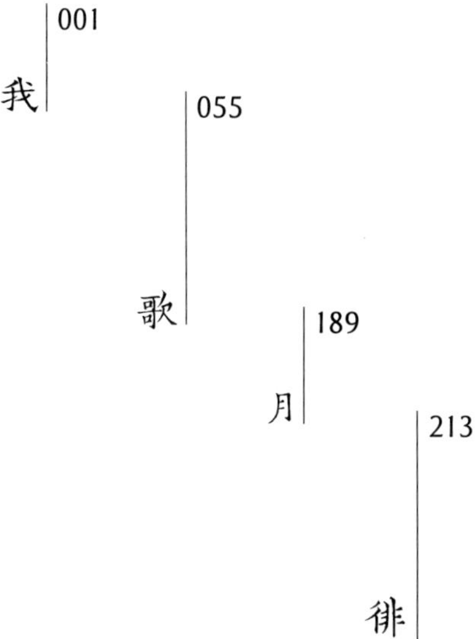

我

中华颂

千载安邦伫远方，
满天星斗耀穹苍。
多元一体壮神志，
人类文明万代昂。

注：改革开放后，在夏鼐、苏秉琦等先生的引领下，中华文明起源研究掀起高潮。苏秉琦提出的中华文明起源“满天星斗”说，“古文化、古城、古国”概念和“古国—方国—帝国”演进理论，有力地促进了对中华文明起源的研究。根据目前的考古发现，距今 5500 年到 5300 年，各地区都相继迎来文明曙光，且不同区域的社会上层之间存在远距离信息交流，形成了最早的中华文化圈。大量的考古发现，为中华民族统一多民族国家的形成过程提供了重要实证。

中华文明赞

长史三杯书圣炫，
青莲斗酒赋连篇。
群贤毕至延文脉，
老少咸来继列仙。
如画江山趋眼底，
骚人墨客拜尊前。
中华智慧明千载，
大道之光耀万年。

注：长史乃张旭别称。青莲，李白自号青莲居士。

春景

一年好景君须记，
最是花黄草绿时。
琼玉粉樱皆烂漫，
春风伴舞白云诗。

春喜

荠菜见缝生，
肉多初养成。
树花钻土出，
春喜向天横。

小满省亲

弟妹爹娘齐下乡，
呼朋唤友访亲忙。
麦芒滚滚泛金彩，
菜籽黄黄孕油香。
鱼米福田迎客赏，
诗文善事利民长。
甲辰夏日风光好，
小满龙年心绪昂。

端午赛龙舟

锣鼓喧天端午赛，
江河激荡拔头筹。
人声鼎沸群情悦，
竞渡龙舟乐事悠。

一碗豆汁庆佳节

豆汁焦圈加小菜，
山珍海宝不争拼。
京城风味越千载，
饮食文明胃更明。

秋雨

新雨洗烦尘，
秋风爽意神。
百年过客爱，
逆旅渡凡身。

迎新年

渡尽疫波兄弟在，
携扶共进向新年。
已然不谏来思奋，
风物当宜放眼牵。

新年感悟

新年何所有？
聊赠一枝春。
寒客香如故，
玫瑰情更纯。
愿君多赏析，
祈子赋诗神。
世上周遭事，
始终方得匀。

兔年初雪

题记：京城兔年的第一场雪，在2023年大年初一的夜晚随月辉而至，琼芳满天地……

寒英润帝城，
瑞雪喜人生。
天地皆明洁，
一团春意萦。

瑞雪

瑞雪敬春新，
飞花迎主人。
雅怀添画意，
激越盼丰淳。

兔年元宵贺

兔送元宵来道喜，
天南地北乐团圆。
风清日暖迎春好，
星散月明添福全。
增嗑续茶聊叙旧，
回灯加酒再开筵。
新冠烦絮忽逍遁，
宿梦铿锵跃眼前。

风华

百年风雨创基业，
世纪烟云开太平。
天若有情天亦老，
人间正道系光明。

岁月

春满乾坤多少畅?
福盈世上万千家。
百年问好天天喜，
千载难逢日日霞。

岁月静好

天地和谐日，
风安月静时。
人文赓续久，
山水永存诗。

喜观沧海

东临碣石观沧海，

涌起洪波浪拍天。

日月之行星汉灿，

至哉幸甚舞蹁跹。

苍山洱海

洱海看风花雪月，

苍山览水性杨花。

天时地利兼人和，

日异月新追曜斜。

咏天门

天门洞鉴大江开，
碧水东流新境裁。
万里山川生灿烂，
风光无限紫云来。

观天涯

秋满长空日月悠，
白云朵朵信天游。
碧宵浩瀚接丽宇，
无际无边去破愁。

花事杂咏

牡丹芍药次第开，
缤纷月季随后来。
花香四溢醉心田，
天地芬芳更精彩。

牡丹吟

百万庄园第一花，
迎春绽放惹人夸。
雍容富贵壮怀发，
国色天香醉彩霞。

丹桂

满城丹桂香，

终日醉心肠。

天地齐欢畅，

人神共吉祥。

闲咏红叶

叶红精气足，

风劲妙机融。

天我长生敬，

乾坤互动雄。

诗律

世上本无律，
文人自恼之。
随心写丝絮，
自发抒天诗。

咏绿萝

小草绿萝生机旺，
昂扬倔强向前长。
蓬勃传承接续强，
一帆风顺展厚望。

注：在办公室养绿萝一小盆，生机盎然，生命力强盛，向前向前，不断成长，给人以美好的希望，展现出生命的可爱与顽强。

茶趣

自古禅茶一味深，
润喉解闷涤昏沉。
搜肠发汗悦心志，
得道通灵欲醉吟。

笔墨情怀

笔秃千支风出袖，
墨磨万锭月来怀。
山重水复疑无路，
柳暗花明大道挨。

注：苏轼言，“笔秃千管，墨磨万锭。”李嗣真说，“清风出袖，明月入怀。”

途中杂感

千里江山画不完，
万般风景写真宽。
大荒戈壁生豪气，
小镇流霞漾影团。
北国春秋诚曼妙，
南方冬夏亦清欢。
中华文化达穷度，
天下为公美丑端。

贺神山村脱贫

脱贫喜讯随风走，
幸福村人拔上筹。
捷报频传天下乐，
丰功伟绩颂千秋。

注：神山村，江西省井冈山市茅坪镇下辖行政村，位于黄洋界脚下。神山村曾因地处偏僻而贫穷落后。2016 年春节前夕，习近平总书记来到神山村，勉励村民们精准脱贫。在党组织和村民的共同努力下，神山村于 2017 年在全国率先实现脱贫“摘帽”，之后还荣获了“全国文明村镇”等称号，吸引全国各地游客纷至沓来。而今，神山村山清林秀，走上了致富之路。

贺“天问一号”火星探测器“祝融号”火星车成功登陆火星

融融首秀巡星火，

奋舞蹁跹筑梦成。

技炫神州科技里，

航天报国激情生。

注：“天问一号”任务成功是我国航天事业自主创新，跨越发展的标志性成就。在世界航天史上，“天问一号”不仅在火星上首次留下中国人的印迹，而且首次成功实现了通过一次任务完成火星环绕、着陆和巡视三大目标，充分展现了中国航天人的智慧，标志着我国在行星探测领域跨入世界先进行列。

贺人类首获月背样土

嫦娥六号笑归来，
月背珍材首得抔。
千克风尘良善物，
广寒宫秘好探魁。

喜贺中华诗词学会出版传媒工作委员会成立

诗词秉赋颂中华，
笔墨文章醉彩霞。
出版融媒携手酷，
优悠大化乐千家。

贺国家版本馆落成

大山深处建新馆，

传世工程今古观。

保护版型支柱石，

绵延文脉地天宽。

贺苏士澍 星弘道书法联展

中华日本诗书牵，

翰墨传薪不断贤。

荣宝斋堂办新展，

应时弘道艺绵延。

贺书画频道艺术中心落户菏泽

菏泽之城风物好，

花开盛世出神骄。

大家频道建基地，

书画人文意气遥。

注：央视书画频道是“大家的频道”，频道艺术中心落户山东省菏泽市牡丹区，集办公、展览、交流、收藏、教学等功能为一体，是一个辐射周边的文化窗口。

贺台州和合文化研究院成立

地北天南祈和合，
东方智慧绽新花。
人间一体应无恨，
世界大同飞彩霞。

贺浙江国际传播中心成立

西子湖边起国传，
沟通南北事机多。
解开心结树形象，
连接东西和合歌。

贺中央国家机关庆祝新中国成立75周年书画摄影展

灯市星河壮，
人间烟火浓。
东风酬古道，
丝路展英锋。

贺沈鹏诗书研究会成立

题记：荣宝斋沈鹏诗书研究会于2022年12月7日成立，并举办书法邀请展。笔者被聘为理事，并书写此七绝参展。

沈鹏诗艺书英萃，
荣宝斋中耀日晖。
笔墨耕耘穷岁月，
功高名至实来归。

赞甲辰世界运河大会兼贺大运河传媒首访波兰

大运传媒连世界，

扬波活水涌全球。

内河航道起新路，

学者专家乐咏流。

祝宁夏广电丝路传播中心成立兼贺第八届中国周边论坛礼成

八方宾客汇银川，

纵论周边中外牵。

宁夏古今秋色美，

长河落日壮云烟。

双喜共庆

题记：2024年6月16日，父亲节，斯日亦为光明日报创刊75周年社庆。

父亲节逢报社庆，
盈门双贺喜洋洋。
铁肩道义责任大，
恩重如山赞吉祥。

庆双奥

双奥之城神彩足，
九州大运气场新。
天人合一时时顺，
日月俱荣处处春。

甲辰教师节颂

秋来桃李芳，
天下杏坛香。
世上好师表，
传家更久长。
解疑除郁悒，
释惑破迷藏。
筑梦千年事，
酬恩万代昌。

七绝·咏进博会

开放春风登眺咏，
革新清韵润神州。
人间精品浦江汇，
紫气东来壮志酬。

咏国创会

发展创新天地宽，
沟通世界大千观。
文明交响永无际，
烟火人间和合欢。

世界读书日感怀

书香时节为君忙，
各国民人阅读彰。
文史哲经开卷益，
自然科学亮心堂。
古为今用风云荡，
推旧更新日月光。
精致做书功至伟，
认真出版意飞飏。

北京书展

题记：北京国际书展，于 2023 年 6 月 15 日至 18 日在北京国家会议中心举办。

书展北京新翼张，
好戏连轴梦飞扬。
琳琅满目悦心智，
互鉴交流迎后浪。

诗书会

题记：2023年3月12日，沈鹏诗书研究会成立诗书作品展暨学术研讨会在荣宝斋举行。

沈老诗书研究会，
群英荟萃众人欢。
琉璃厂里春风浩，
荣宝斋中文脉宽。

赞枝叶关情

题记：乙巳三月，“枝叶关情：诗书画名家走进泰州采风活动”举行。范迪安、周文彰、孙晓云等文艺名家率队深入创作，歌颂大美中华。

文艺名家看兴泰，
菜花千垛醉朋宾。
挥毫泼墨追春色，
大美乾坤诗画新。

孔见《苏东坡时代》首发

时代东坡耀眼明，
文人风骨岁华明。
民生国计挂心上，
如画江山卦象清。

题戴敦邦画《红楼梦》

题记：第 20 届上海书展期间，戴敦邦签售的英文版《红楼梦》与插画复印品一并热销。

红楼一梦惊天下，
戏说石头乱絮飞。
心契手追呈幻景，
画出世上道缘归。

《喜马拉雅》长诗

题记：900 行长诗《喜马拉雅》在《人民文学》杂志刊发，该诗创作交流分享会 2024 年 10 月 13 日在拉萨举行。笔者应邀出席并致辞，强调加强西藏文化文学文明国际传播，意义重大。

山城秋意美，
天朗气清时。
文友来嘉会，
共鸣新史诗。

题世界运河组织办事处

长河办事静悄悄，
中外融通贡献多。
汩汩波涛连古浪，
滔滔大业永辉活。

临港新区

直挂云帆济沧海，
击催征鼓稳行舟。
新城傲首立威彩，
临港横空赖统筹。

洱海论坛

寒露之时来大理，
苍山洱海煮英雄。
文明互鉴求方策，
绿色星球荡义风。

京西大悦城

石经山里开新店，

近悦远来宾客欢。

满目琳琅商品汇，

文明助力好戏端。

注：石景山被称为燕都第一仙山。据《中国地名辞源》：因境内石景山（石径山）得名；明万历年间许用宾《重建石景山玉皇殿碑略》称："京西四十里许山曰石经，又云湿经，亦名石景，燕都第一仙山也。"此山别名骆驼山，由石灰岩组成，以石为景，故称石景山；另说是由石经山、湿经山、石径山、十景山、石井山、失经山的谐音而来。

咏江苏兴化中学

题记：兴化中学创建于 1926 年，即将迎来百年校庆。这里也是我的初中和高中母校，我在这里获益良多。

百年老校看兴中，
桃李不言春意红。
一日为师终老敬，
天涯学子谢恩雄。

毕业四十年回聚复旦

青春万岁芳菲炯，

日月光华百代看。

五角场边烟火旺，

相辉堂奥草坪宽。

新闻系院潜心造，

道义文章倚马欢。

四秩相逢校园会，

乐游复旦遏云端。

京城甲辰高考喜雨

题记：2023 年 6 月 7 日，高考人数再创历史新高，逾 1300 万考生入场比拼。京城甘霖送爽，夏风清凉，尤利大考。

天怜学子降甘芳，
清雨掸尘送夏凉。
高考首航人自爽，
安心作答待飞扬。

京城傍晚狂风暴雨

日来酷暑热浪涌，
傍晚狂风暴雨凶。
电闪雷鸣树枝断，
与天奋斗自从容。

长屿硐天

长屿硐天幽，
千年凿石留。
铁钎斜点进，
硬锤助人悠。
云水洞中起，
图腾壁上修。
匠心掏穴空，
万壑自风流。

螺溪传教院

螺溪复建传教院，
宋韵唐风精彩旋。
规制格条详酌核，
和谐道统用心圆。
经书故事雕修叙，
文化遗存传世全。
导览法师坛席讲，
醍醐灌顶散云烟。
弘扬中国好文史，
赓续法根延祚缘。

登华顶

昔有列仙来，
早行登翠台。
今人游华顶，
红艳杜鹃开。
古寺涤凡想，
新风荡雾呆。
圆融醒世界，
和合共生财。

登春山

题记：福清市江阴镇上垅北村依山傍海，登此村山，感受春色。

登眺远怀山海阔，
春光烂漫地天盈。
澄怀味象风云淡，
满目怡情日月英。

霞浦观日

题记：福建宁德霞浦日出壮丽、日落辉煌，壮美如斯。

日出海霞纵意飞，
乾坤大美放光辉。
潮连两岸山河壮，
不信东风唤不归。

春到西藏

题记：乙巳春日，“机遇中国·美丽西藏”国际传播活动暨“最美西藏行动季”公益传播联合行动启动，“美丽公约”公益志愿环保活动同时再启新程。

春来拉萨气醇清，
柳绿桃红青稞情。
壮美乾坤心手畅，
人随时好喜盈盈。

太湖喜会

沪苏锡友来相会，
酱酒佳肴助兴高。
水润太湖河鲜美，
雪峰山壮亲情豪。
觥筹交错时光短，
言语常欢热浪陶。
幸遇喜逢谈往事，
握别再会漾心潮。

竹石园

竹石园里风光好，
难得糊涂见真情。
吃亏是福心境宽，
天人合一生风景。

注：兴化竹石园是新建的休闲景点，园内青竹满目，清风长在，河水荡漾，亭台楼阁依依然。难得糊涂，吃亏是福——板桥先生两句名言，赫然镌刻在石墙上，任后人凭吊。

京藏航观云海

此景只教天上有，
人间哪得几回呼？
雪山云海相随出，
一片诗情赛画图。

畲族民宿赞

云绕青山水绕乡，
畲家民宿隐苍茫。
千年血脉今犹在，
一曲欢歌入画章。

夜访卢水

题记：2024 年 6 月 17 日至 18 日，笔者在怒江州卢水市参加复兴书屋捐建活动；17 日晚，在江边酒吧看欧洲杯比赛，荷兰 2:1 胜波兰。

怒江奔涌向东流，
月白星稀山影悠。
翻滚波涛迷夜色，
酒吧室外看杯球。

屏边苗药

苗医苗药千锤成，
护佑苍生显德情。
百草有灵皆有道，
走关入架配方精。

京城喜会牛望道

山海难遮牛望道，
有缘何惧际涯垠？
外轩书屋来相会，
一面清流友善圆。

建水颂

雄镇东南威武贯，
红河奔涌临安欢。
紫陶映衬风光美，
文庙杏林天地宽。

注：建水旧称临安。

送吕进赴任瑙鲁大使

戎机万里唤君归，

为国谋新大道辉。

协和愿心高义贵，

平风静浪笑熹微。

鉴真上人

过海名师仙气盛，

唐朝和尚是高僧。

真人秘剂扶桑利，

本草名书医道升。

注：唐朝大和尚鉴真不仅佛法高深，而且医道高明，被日本人誉为过海大师。据传著有《鉴上人秘方》一书，部分内容仍保存在《本草和名》《医心方》等书中，对日本医学发展产生了积极影响。

赠殷君

有缘高馆共求道，
幸与殷君同日论。
南国风云添雅兴，
北疆雪月铸诗魂。
笔耕不辍追韩杜，
墨润常新效米孙。
他日若干鸿壮志，
再还今古听闻恩。

注：韩杜，指韩愈文、杜甫诗；米孙，指米芾书法、孙过庭《书谱》。

沈鹏仙逝周年祭

驾鹤西游已列仙，
依稀别梦自熬煎。
诗书风韵人间在，
文艺情怀岁月延。

歌

鸣沙山（二首）

一

风和日丽惹人醉，
我自纵身试日高。
一跃飞腾向苍昊，
张开伸展逞雄豪。

二

鸣沙山顶秋风爽，
月牙泉边新意扬。
敦煌城中客舍宁，
丝绸道上白杨昂。

江苏书展（三首）

题记：第十四届江苏书展2024年7月5日至9日在苏州国际展览中心举办，中国出版协会七届五次常务理事会同时召开。

一

一片姑苏起锦城，
金鸡湖畔乐新生。
江苏书展扎根做，
文化惠民千古情。

二

出书协会聚姑苏，
同道中人汇古吴。
常务理家多决胜，
图书大业共征途。

三

自古盘门河陆道，

姑苏进出瑞光遥。

亲朋好友来相会，

把酒言欢分外骄。

沈阳（三首）

题记：因参加“丝路百城传”丛书之《沈阳传》新书首发，再访沈阳，感念此地变化喜人。

一

沈水之阳文旅旺，
浑河侧畔尽人欢。
凤凰晓日故宫观，
帅府余晖史鉴宽。

二

辽宁饭店史文殊，
近代风云睹物图。
见证江山多变化，
奋飞又喜上征途。

三

旗袍发轫傍沈水，
赛艇俱来弄浑河。
东北振兴辽宁起，
科教强国有长歌。

扬州吟咏（六首）

题记：因出席金砖国家治国理政研讨会暨人文交流论坛，烟花三月得访扬州，依平水韵吟此组诗，以记事抒怀。

一

春光烂漫新枝笑，
游客纷纷意象骄。
中外宾朋乘兴赏，
烟花三月欲仙飘。

二

迎客馆承嘉会好，
瘦西湖畔放怀聊。
兴安理政平天下，
人际交流畅叙逍。

三

美妙人工大运河，
千年古水漾清波。
风神英武壮天地，
传颂春秋润泽多。

四

匠心巧运真情露，
营造园林趣味罗。
文史相传须出彩，
抚今追昔费神摩。

注：会议在迎宾馆举行，共商治国理政经验、共话人文交流大计，兴国安邦，畅叙深情。

五

各人各美与时美，
何似卢园半竹园？
中得心源修善景，
外师造化壮文轩。

六

雕版剪花三把刀，
古琴古乐早茶褒。
人间遗产惊观止，
文化传承意气豪。

注：雕版印刷，扬州剪纸，古琴古筝以及富春早茶技艺四项目被联合国教科文组织认定为世界级非物质文化遗产。

在扬州咏京杭大运河（三首）

古道神河

古道神河大运连，
绵延不断越千年。
波澜壮阔无荣辱，
我自悠然永向前。

大运之舟

大运之舟远古来，
通江达海与时开。
中华世界千秋贯，
互鉴文明炫梦徊。

烟花柳月

烟花柳月喜升帆，

有赖京杭古道宽。

北往南来多远客，

情深意永地天欢。

赞扬州大运河博物馆开馆（二首）

一

又见扬州景象新，
三湾侧畔馆成群。
文明趣味多情事，
大运之舟喜遏云。

二

京杭古道河流淌，
跨越千年智慧花。
世界风光神妙见，
新博馆里史诗嘉。

注：中国大运河博物馆造型有如一艘大运之舟，停泊在扬州三湾景区，展示着人类运河文明的变迁。馆藏超过万件，展示了京杭大运河作为史诗级世界文化遗产的无限风光，展现了中国古代水利工程的神机妙算，成为感知中国的又一绝佳去处。

常熟三题

兴福禅寺老面馆

兴福禅林开面馆，
溪边树下世间欢。
早茶香里且消遣，
一曲琵琶心路宽。

周末早街

早上街头自泰宁，
车稀人少耀光明。
休眠日里且休息，
无论晋唐真躺平。

塔影琴湖

塔影琴湖映月明，
常来常熟不移情。
沙家浜里清风畅，
兴福禅林幸福盈。

镇江组诗（七首）

题记：2023年7月20日至21日，因参加第六届米芾杯国际青少年书法大展，再次来到镇江。赞书法文化浩浩汤汤，羡翩翩少年艺高术强，感江山胜迹人文飘香。依平水韵，成此七绝组诗，以记胜。

书法大会

北固山光翰墨香，
翩翩年少笔歌忙。
大江东去新波涌，
文化交流天路长。

颁奖典礼

石痴米芾研山烟，
书法传承看少年。
大会镇江修艺技，
笔歌墨舞蹈欣仙。

推陈出新

一笔千年万古浪，
兰亭中兴共祈望。
焦山瘗鹤铭生长，
书画文明华夏光。

博物馆

博物馆藏真觉醒，
止戈为武和谐连。
丝绸瓷器养生息，
互鉴文明永续延。

西津渡

觉路同登开悟览，
西津古渡焕新颜。
江山如画润天地，
多少豪雄快意环。

舍利子

黄岩曾睹风云物，
京口端祥舍利真。
得道大师身后宝，
杂纯各有岁时珍。

京沪高铁

日月江淮一线牵，
天南地北贯烟云。
飘风骤雨消烦暑，
大气清新畅意纷。

拜谒兴化三星（二首）

题记：郑板桥、施耐庵、刘熙载，乃明清时期江苏兴化三位文化大家，堪称三星。

一

一日三星欣拜会，
诗书画理各风流。
人贤才博精神旺，
艺道哲言传世修。

二

路转见熙载，

天机巧作哉。

至言艺概深，

水浒铺陈开。

重访施公馆，

欣游管阮来。

一天三宿拜，

文脉永昌才。

杭州五题

一

黑云翻卷西湖暗，
白坝安然游客来。
荷芰翠涛怡养眼，
群峦环峙向天开。

二

断桥残雪冬寒景，
柳浪闻莺夏暑情。
四季美姿天地壮，
一湖山色万年清。

三

杭州松鼠随时见，
飞动天堂快活仙。
良渚最怜三二只，
高台信步乐千年。

谒良渚遗址

挖掘修堤坝，
垒堆筑土台。
稻田农业兴，
玉器启明来。
内外城池建，
神君国事开。
千年时世度，
良渚更豪魁。

雨访灵隐寺

重访云林寺，
雨微香火诗。
天高绿荫密，
山静翠烟蕤。
佛系造形胜，
庙群尘事随。
幽幽情义锁，
袅袅古风追。

天台和合赞（七首）

题记：因出席2024和合文化全球论坛，再赴台州天台，感受山海之城自然之美，感悟和合文化博大精深，得此组诗以记之。

一

中外宾朋来圣地，
天台文化起新潮。
人间命运抒心语，
和合共生永续骄。

二

赤城山上彩云飘，
长嘒古松清气撩。
和合圣怀风物好，
唐诗之路接重霄。

三

三生万物开新局，
和合论坛逐浪高。
诗意栖居民喜爱，
美人之美梦中豪。

四

紫云小筑玉京洞，
别有天机藏赤城。
济圣东西双院乐，
道茶佛橘养心精。

五

夜深山静月星洁，
古道苍松隋塔风。
同事兴浓寻宝刹，
国清讲寺睡乡中。

六

遍寻古刹探宗源，
儒道共生壮福田。
山标栖霞海天阔，
和生文化润心莲。

七

真觉通玄妙存道，
天台风物惹人骄。
万年古寺藏仙境，
满目青山日月瞧。

台州新咏（十四首）

题记：因调研和合文化国际传播，再访台州，看旧貌新颜，品城乡壮景，赞生机无限，依平水韵，成此组诗以记之。

一

晨光乍泄石塘红，
温岭情暖万古同。
日出江花由此始，
中华意气凌云雄。

二

石塘半岛风烟好，
山海相连意气骄。
千载晨光照华夏，
创生文旅起新潮。

三

海边绿道通天北，
旖旎风光养眼高。
石屋参差听水调，
枕云望月漾心涛。

四

浙乡温岭创新好，
文化先行乐万家。
民宿优雅趣味妙，
海山生活醉天涯。

五

相约多年终如愿，
杜鹃花放亮山巅。
灿然一片真精妙，
唤我诗心吐语鲜。

六

杜鹃花发壮天地，
千树齐开烁古今。
神秀山巅云锦扬，
彩霞飘荡引诗吟。

七

华顶山鹃映日红，
成欢连片喜盈风。
枝头树冠花飞语，
疑是云霞坠空中。

八

始丰溪上流佳话，
夜渡平添故事游。
和合传承文艺助，
吾心归处与君悠。

九

赭溪老景焕新姿，

夜晚经营亮活棋。

政府开台打基础，

商家唱戏万民怡。

十

螺溪忽见传教院，

唐韵宋风文脉存。

格式规仪俱独到，

溯源追本令人尊。

十一

寒山拾得国清寺，
和合文章云起时。
今月古风天地似，
浙东之路诵唐诗。

十二

国清桐柏声名赫，
三教圆融赞大风。
飞瀑栖霞天地醉，
寒山拾得锦囊中。

十三

山海之城风物秀，

和合圣地福星环。

天人化育阴阳润，

大道同行今古潺。

十四

文明圣地合和浓，

山海之城今古雄。

云顶红鹃壮天色，

石梁飞瀑响松风。

临海三首

秋遇台风

一夜雨中眠，
飘风滴水仙。
江南秋梦美，
临海卧龙怜。

夜宿迎春里

临海遇风颠，
迎春里屋眠。
江南城郭畔，
一夜雨声仙。

江南长城

长城临海美，
御敌防洪全。
千载卧龙看，
今朝好景圆。

湘鄂途中（三首）

一

高铁串中国，
春光润地天。
时花随处赏，
烂漫满心田。

二

春烟漫天地，
风韵美中华。
山水复迷漾，
诗情更散花。

三

才迎三镇雨，
又沐洞庭风。
穿插何灵捷，
悉依高铁雄。

注：三镇，指武汉。

湘西诗忆（七首）

题记：2023年3月22日至23日，参加国际传播协同协作工作会，会后去湘西十八洞村调研，得此组诗。

一

湘西山水骄，
逸兴骋怀飘。
姹紫嫣红舞，
雨浇苗寨韶。

二

塘火屋中旺，

熏蒸肉食翘。

龙椅团稳坐，

村涌脱贫潮。

注：2013 年秋，“精准扶贫”理念在这里诞生并传遍全国，掀起了脱贫攻坚战的时代大潮。

三

十八洞成群，

相邻汇一村。

苗家儿女慧，

致富脱贫门。

注：十八洞村有大溶洞，分为十八联洞，故得名，全村由四寨组成。

四

矮寨建长桥，
凌峰接碧霄。
飞虹山谷里，
幸福满天骄。

五

飞栈修成道，
玻璃透景悠。
低头心震颤，
昂首挺胸牛。

六

乾州古景幽，

苗绣画功优。

文脉传承久，

茶香千载悠。

七

自古凤凰悠，

茶商马道游。

八方宾客至，

胜景畅情幽。

湘西花垣十八洞村感赋

（二首）

一

二九洞村气象生，
脱贫致富史功成。
山清水秀农家乐，
国泰民安大爱增。

二

达者兼荣天下情，
复兴书馆助渠成。
晴耕雨阅圣贤在，
无限风光携手登。

诗行井冈山（十三首）

题记：癸卯夏，重上井冈山，再受红色洗礼，获益良多，感慨系之，依平水韵，成此组诗。

井冈晨趣

百鸟闹新晨，
清风醺我神。
山深微雨响，
翠树涤心尘。

山晨

百鸟啁啾闹拂晨，
清风涤秽唤心神。
奋身抖擞迎朝日，
展纸挥毫写意真。

山雨

朝阳午雨井冈风，
日日如斯诚意隆。
傍晚云霞潇洒到，
多情变化赞叹中。

注：井冈山培训期间，每天午后都会下雨，天地至诚。

天下第一山

天下首山英气绕，
燎原星火亮神州。
黄洋界上壮军势，
红色中华根脉酬。

注：1962 年，朱德委员长重上井冈山，饱含深情地为红色摇篮井冈山题写“天下第一山”。

茨坪

小井茨坪连大井，
红军足迹忆深情。
武装割据闯生路，
星火燎原救国成。

小井植树

碑颂英雄壮天地，
缅怀先烈传精神。
同心种下桂花树，
小井留香万代纯。

注：吊祭小井红军烈士墓后，全班同学一起种下同心树。

情景教学

红色家书诉衷肠，
情深纸短意悠长。
奋争不惧砍头事，
唯念真知永传扬。

一苏大会

谢氏宗祠见炳煌，
一苏大会放光芒。
文韬武略在兹验，
救国救民基业长。

注：井冈山培训安排了红色家书情景教学，结合历史背景，颂读陈毅安、赵一曼等先烈的家书，感人至深。

兴国将军纪念馆

路见不平常出手，
将军遍地老区牛。
红星照耀新生命，
救国救民功德修。

苏区干部好作风

腰缠万贯讨生活，
艰苦诚贞廉奉公。
干部传承佳作法，
苏区精髓放光风。

注：苏区有一位叫刘启耀的干部，他虽然保管着组织经费，却自愿讨饭生存。苏区干部这种廉洁奉公，一心为民，时刻把民众的冷暖、愁盼和疾苦放在心上的优良作风，深受苏区人民的赞赏。踊跃送亲人参加红军，是苏区人民对革命的重要贡献。

柏露会议

上既艰辛下更难，
生存抉择动心寒。
识时务者开新局，
进退自如青鸟看。

注：为打破国民党军队封锁、保存有生力量，柏露会议作出了红军主力部队撤离井冈山的历史决定，可谓“上井冈山伟大、下井冈山也伟大”。

历史担当

历史担当见真胆，
自信坚定不辞艰。
实心求是闯新路，
团结奋争俱笑颜。

复兴之光

不忘初心担使命，
谦虚谨慎共追求。
敢于亮剑善韬略，
复兴之光耀眼头。

注：井冈山精神的核心要义：实事求是，敢闯新路。朱毛红军主动担当，团结奋斗，成功创建了井冈山革命根据地。

绿城行吟
（六首）

题记：因出席第四届中国—东盟友好合作主题短视频大赛颁奖典礼，再访南宁。看绿城春色，听邕江春潮。依平水韵，得此组诗以记怀。

短视频大赛

文化交流南宁来，
视频大赛报春开。
中华东盟携心约，
互鉴共生境界抬。

三街两巷

三街两巷古风存，
庙会城隍市集兴。
小吃美珍花样多，
人间烟火醉天廷。

登青秀山

邕江之水向东流，
青秀山光春色悠。
千载铁花随化放，
幽兰新圃吐芳优。

访广西日报

老报新生工作面，
云平台上展雄风。
用心用意与时进，
道义文章永续中。

漓江书院

书香驿站气清悠，
闹市平添文脉流。
八桂风来游目翠，
自强不息骋怀修。

六堡茶

六堡茶香滋味长，
润喉养胃劝君尝。
常温醒目又延祚，
神草中华珍宝昌。

赣州七绝

（三首）

福寿沟

福寿沟渠智慧深，

护城佑命保安平。

水患长绝赣州美，

千古工程天下名。

望阙台

望阙台边古澜水，

中间多少蟹鱼虾。

可怜浪静风平处，

云淡日丽诗意加。

章江品茗

豪雨倾盆洗暑尘，
清风一片爽心神。
郁孤台下赣州好，
山水相依景象新。

黔南黄丝江乡村旅游感赋（六首）

题记：贵州黔南地区风景奇绝，胜景绵绵。位于大山深处的福泉市黄丝镇江边村布依族边寨，积极美化环境，营造乡村旅游景观，成为风景秀丽、民族风情浓郁的新型旅游胜地。2016 年夏，笔者应邀参加当地旅游发展大会，得以一睹此地芳容。感慨系之，遂成组诗。

一

福泉山水景色新，
诗画江边境界盘。
观光旅游农家乐，
边寨新生前路宽。

二

黔南山谷藏胜景，
村居闲趣处处情。
桃花源景不常见，
此地更牵游子心。

三

村口姊妹岩石挺，
仙女下凡羡村情。
但愿长驻不愿归，
长留织耕平民亲。

注：村口有姊妹岩，传说七仙女来此游玩，有姐妹乐而忘返，化成岩石永存此间。

四

河中竹排成双行，

男女分列对歌亲。

打情骂俏人间事，

羡煞神仙不老心。

五

芬芳遍地发幽香，

桑田种花添景象。

格桑薰衣艳灿灿，

颠倒神魂醉客乡。

六

布依村寨依山建，
多族聚居民风淳。
风雨桥上铸同心，
鱼梁江畔享福清。

注：村寨依山而建，居住有布依族、苗族、水族等少数民族。鱼梁江穿村而过（河两岸数百亩稻田，形如一对鲤鱼，江水从两条鱼背间流过，因此得名鱼梁江）。当地民族风俗浓厚，独具特色。在社会主义新农村建设中，江边人民发扬吃苦耐劳的精神，使江边寨发生了翻天覆地的变化。

《佛山传》贺

丝路百城连世界，
佛山一传贯而今。
乡愁市井心潮涌，
烟火人家书里擒。
风土人情详细品，
史诗文脉守常音。
前尘今世俱呈现，
遗迹新城共迭吟。

外一首

风雨无忧向南海，
百城传记出新书。
文明互鉴古今合，
日出江花天地舒。

柳州印象（八首）

题记：因调研柳州名企外宣工作，2024 年 3 月 27 日至 28 日，再至龙城，感受新春气息，成此组诗以志怀。

上汽通用五菱

民用翻新创业路，
星光悦也品牌多。
能源变革天人乐，
技术增光不蹉跎。

柳州媒体融合中心

多媒融合生新景，
文化交流天下行。
中外达人携手做，
沟通连接叙深情。

柳州工程机械全球研发中心

柳工声闻人间世，
不息图强至善求。
善事从来须利器，
立身研发弄潮流。

螺蛳粉

一碗情深功业大，
香飘世界友朋嬉。
乐民富户倍增效，
美味痴迷百姓追。

柳江夜游

水阔柳江增月新，
画船夜放晚风匀。
高低夹岸灯光秀，
上下楼山诗意淳。

夜访柳宗祠

欣遇龙城柳文惠，
四年勤政为民真。
宗祠夜访赞君志，
廉洁持身正气伸。

柳博民族服饰展

云想衣裳花想容，
博罗族服汇珍供。
宏渊叙事寓文饰，
穿戴之中礼敬恭。

马鞍山远眺

登高远望地天宽，
水绕山环气象欢。
自古龙城风景秀，
而今壮美入云端。

漳州吟咏（四首）

题记：因参加“寻访海丝印记，读懂中华文明”活动，与中外宾朋一起造访漳州，深悟此处乃福地，满市漾喜气，物华天宝，人杰地灵，心有所动，发之为律诗两组，依平水韵，吟之咏之，以求教于方家。

一

四水风光好，
绿林花果骄。
元山含远黛，
驿站品茶遥。

注：漳州有四湖，即东湖、南湖等，依韵用四水代之。

二

木刻棉雕俏，

围楼剪纸高。

漆屏龙脊巧，

非遗接茬牢。

三

漳台一家亲，

血脉永相连。

本是同根蒂，

开枝散叶牵。

四

清丽水仙开，

艳娇三角梅。

春心串钱柳，

鲜美枇杷来。

漳州吟咏（四首）

一

布衣木偶好稀奇，
缠斗登台逗众嬉。
制作精良成世遗，
手头功力自神驰。

二

灯光云影映名城，
挡雨遮风骑屋情。
百姓世居烟火气，
牌坊寺庙巧经营。

三

古今射虎猜灯谜，
转借迂回化出神。
水复山重埋哲理，
花明柳暗意恒新。

四

一微米上刻豪驾，
方寸之间藏大千。
诗赋词章育文脉，
寿山奇石夺天仙。

福州、婺源组诗（七首）

题记：2024 年 3 月 20 日至 22 日，分别在福州、婺源出席《福州传》《婺源传》首发式，并顺访双城国际传播热点工程，得此组诗。

鼓岭

鼓岭耸然风景妙，
宾朋宜夏避炎逍。
百年山里沧桑过，
幸福安居自在瞧。

大梦书屋

书香鼓岭福星升，
大梦存真永续增。
过眼烟云常聚散，
但留五谷待丰登。

涌泉寺

涌泉香火照天俏，
血经无言壮佛心。
铁树千年生气足，
古来钟鼓唤良箴。

婺源春

篁岭花香醉乐天，
新安江水润千年。
苍山不老藏瑰宝，
调寄乡愁添妙篇。

婺源传

婺源春满百花开，
新作立言传世来。
中国城编增妙系，
文明赓续喜风抬。

龙尾砚赞

龙尾山中育珍宝，
金声玉润石材骄。
天生丽质天工冠，
诗画风光歙砚骁。

砚山行

歙砚出自砚山村，
山高沟深水石新。
好汉引人淘砚碎，
沟中寻觅乐相循。

莆田印象组诗

（六首）

题记：应邀参加第9届世界妈祖文化论坛和第26届中国·莆田湄州妈祖文化旅游节，首访莆田，感知昔日兴化府的山水形胜、人文富集，成此五绝组诗。

一

船渡上湄洲，
岛岑妈祖悠。
夜观新剧后，
泪润爱难休。

注：《印象妈祖》编排精美，感人至深，动人心魄。

二

甲辰秋祭彩，
仪礼见情深。
中外宾朋拜，
海神随梦吟。

三

妈祖圣灵在，
五行皆蕴真。
非遗信俗载，
巡护寄深心。

注：湄洲岛上有金、木、水、火、土五种不同材质的五尊妈祖造像，均和蔼可亲，展现了世界和平女神的风采。妈祖信俗也成功入选世界非物质文化遗产，妈祖巡安安天下。

四

木兰溪上飘，

白鹭岸边瞧。

荔树凌波静，

村庄雨润骄。

五

古老木兰陂，

千年润莆田。

调和均旱涝，

滋养万民仙。

六

神手功夫妙，
春辉巧木雕。
画情诗意逸，
巨作傲云霄。

注：120 米巨型木雕《京杭大运河》以及 50 米大型木雕《百里兰溪图》，正由大国工匠郑春辉率领 30 多名木雕师紧锣密鼓地创作着。

红河夏行诗忆（三首）

题记：2024 年 6 月 12 日至 16 日，在云南红河州弥勒市参加国际青年世界文化遗产保护主题对话系列活动，并参访金平、屏边两地。

一

云贵高原春意浓，
红河夏有好凉风。
太平湖畔山田美，
大地园林养眼中。

二

滇域八方春意浓，
强巴夏有好凉风。
太平湖畔山光美，
大地艺廊蓬勃中。

三

未来天冠皆弥勒，
大肚能容笑口开。
巧度众生真切愿，
平安康乐吉祥来。

弥勒印象（四首）

石漠变绿洲

石漠荒山巧修理，
繁花绿树自排开。
高低错落湖池挖，
云影山光胜景来。

甸溪焕新颜

甸溪改造果然佳，
生态长廊妥善排。
楠木花林随处见，
水光塔影入云怀。

东风韵胜景

农场散去花洲晒，
业态创新文旅开。
塔院红砖云海接，
东风韵胜美园来。

国际青年对话

青年多国红河行，
文化遗存看哈尼。
保护传承均不误，
对谈畅叙弄潮诗。

赞中赤友谊小学

题记：赤道几内亚援建金平一小，建成中赤友谊学校，情深意长。

赤几远援显善情，
百年小学迎新生。
中非友谊与时进，
文化交流携手行。

再赞中赤友谊小学

立德树人正校风，
传承友谊建新功。
中非合作共赢炯，
携手同心迎彩虹。

金平海关

界碑巍峨向天耸，
一口通关连越中。
友谊桥横河水绕，
边民互贸起新风。

守防有我

战争惊梦乱生活，
安乐忘危损失重。
男女兵民固国防，
保家护寨放心胸。

哈尼梯田

（三首）

一

浓雾锁梯田，
悻然看不穿。
辞行心不惬，
登眺望茫然。
诚意动天地，
悄然开谷川。
壮观诗眼亮，
拍照静言宣。
长乐未央行，
常存此中仙。
感恩公道在，
情志舞蹁跹。

二

夜宿元阳傍舍田，
月华如水美成仙。
波光滟影山妖媚，
哈尼智才醉眼前。

三

哈尼梯田雾中锁，
临行不见憾欢心。
天怜远客施魔手，
拨去迷团醉古琴。

海南三题

题海南作家协会

新雨翻山泽，

旧诗烘焙香。

天涯文世界，

海角作家乡。

注：苏东坡自认海南“真吾乡”也。

贺海南出版发行集团成立

天涯芳草香，
海角瑞云乡。
出版添新叶，
应时吐蕙芳。

《苏东坡时代》读后感

已灰心木起薪火，
不系之舟安海南。
诗酒年华举杯越，
人生逆旅篆香谈。

注：《苏东坡时代》系海南作家孔见的新著，由海南出版社与外文出版社联合出版。

静夜思（四首）

一

溪水潺潺日夜欢，
百虫唧唧悦声盘。
风清气爽静心喜，
学客无眠诗思宽。

二

夜静天凉萤火亮，
濂溪奋迅响山盘。
客来踱步消闲咏，
且待朝阳破月欢。

三

雨后濂溪水石欢，
山中无夏翠微观。
夜来踱步消闲咏，
且喜心生天籁宽。

四

山雨忽来溪谷欢，
清流奔涌涧泉宽。
更怜音壮响声画，
不见泥沙浊水湍。

静夜吟

（二首）

一

夜静大河安，
鹤鸣星月阑。
独怜林下走，
天地豁然宽。

二

秋爽桂香人，
芬芳醉梦神。
幽阑独漫步，
星月伴风尘。

寻春偶得（二首）

一

春在青枝新芽间，
次第绽放百花弹。
风和日丽春意闹，
千山万水喜开颜。

二

暮霭沉沉夜色增，
华灯初上弄晚兴。
光影入画金波滟，
丽景悦动添欢情。

清明祭

（二首）

一

清明来扫墓，

文脉永承情。

扶老携朋出，

踏青怀远盈。

二

头顶三层众神绕，

人间四月万菲盈。

敬天祭祖烟香袅，

追远慎终何了情？

壬寅植树（三首）

题记：2022年4月18日下午，与外文局机关同事一起在局居庸关绿化基地植树，种下樱桃、梨树4棵。19日上午，随局综合业务部支部在房山张坊绿化基地植树，种下黄萝、松柏6棵。

一

人间四月植苗忙，
绿化山河有我强。
桃李不言花自在，
九州多娇惠风香。

二

挖土植苗浇水忙，
前人种绿后人洋。
他年硕果累累望，
勿忘偕行赏吉祥。

三

长城脚下种桃李，
风轻云闲沐上阳。
接续压茬修善德，
栽花植树造林芳。

夏日杂咏（四首）

一

一心衔日月，
两袖纳清风。
古道热肠绕，
人安天地中。

二

一竿钩日月，
两袖荡清风。
古道明心鉴，
新诗飘渺中。

三

传道诗书画，
大千天地人。
江河日月行，
文化贮香醇。

文乐

胸胆酒酣尚拓张，
诗浓情智自飞扬。
古今多少文人事，
从此得来春意长。

癸卯 中秋国庆连贺（二首）

题记：2023 年 9 月 29 日为中秋，与国庆长假相连，放假 8 天。

一

全球共赏月，
寰宇庆中秋。
举世盼和合，
人间求莫愁。

二

月满中秋迎国庆，
人间天上共欢欣。
九州风静气高爽，
万户安康乐善纷。

喜庆甲辰春节（四首）

一

兔去龙来又一春，
无边光景八方新。
飞驰高铁串情兴，
福满神州喜气伸。

二

时逢春节年华换，
辞旧迎新喜气盈。
千里江山祥瑞绕，
万家团聚福星萦。

三

甲辰龙舞乐华夏，
搅拌欢情醉九州。
花事迎春俏争放，
万家喜气上层楼。

四

过年过的是心情，
访友探亲四处行。
海北天南来相会，
人间大爱九州盈。

远集坊忆事

（三首）

题记：原国家新闻出版广电总局副局长阎晓宏君借新闻出版文化产业基地筹建远集坊，为出版界人士提供了一个难得的交流场所。聚议主题以出版为主，兼济修身养性齐家治国，实乃文化雅集之雅地。

一

远集文友聚一堂，
高朋满座话短长。
天地人和纵论广，
出版传承寄情坊。

二

谭跃清议电子书，
晓宏腰伤不得行。
中外对比求真谛，
志酬民众读书情。

三

沈鹏主讲书法魂，
书界名流续议陈。
笔墨当随情怀得，
浓淡枯湿写精神。

贺夕阳红全国老年书画艺术大展（二首）

一

泼墨颂余晖，
挥毫写翠微。
文心传世久，
艺概伴云飞。

二

青山晓日浓，
绿水晚霞红。
书画传神久，
诗文言志工。

第二届中日书法联展（二首）

一

中日书法喜联展，
国际文化乐交流。
摩追造化传文脉，
内养心源神逸修。

二

日本书家来京都，
文心一片照墨壶。
明月高悬映碧海，
白云悠悠满苍梧。

注：李白哭晁卿衡诗曰：日本晁卿辞帝都，征帆一片绕蓬壶。明月不归沉碧海，白云愁色满苍梧。

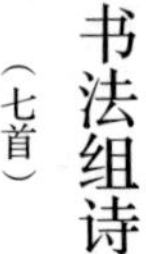

书法组诗

（七首）

一

格调情怀技法先，
风神骨气静虚仙。
不荒不厉追三昧，
志趣平和逸境连。

二

意足笔简高人志，
结字时迁神采连。
写我摹心追艺道，
锋芒收敛胜天仙。

三

穷达古今神不变，
守真根脉舞蹁跹。
据常志道游于艺，
兼备形神气韵仙。

四

智慧之途三善道，
合群沙漠创新时。
生民天地立心命，
极虑专精笔墨嬉。

五

象形指事加通意，
汉字观音假借师。
文化精神勤捣练，
结蝇刻骨世间奇。

六

审美有常书法观，
线条笔墨道情宽。
仰观俯察天人悟，
文化基因永续欢。

七

书法修行端意态，
人心艺品会通然，
静神养性润文化，
时代精魂且宕延。

仰山雅集（三首）

题记：2017年4月8日下午，仰山雅集在奥林匹克森林公园书画频道美术馆举行。是日也，阴晴平和，春意阑珊。

中国书法家协会主席苏士澍、副主席刘洪彪，顾问段成桂、申万胜、言恭达，黑龙江、西藏、辽宁、上海等地协会主席以及金融书法家协会主席等众书家云集此地，参观“问道寻源”手札展，并接受记者采访，畅谈创作感受。接着，又参加长卷创作活动，每人现场书写一首唐诗，形成唐诗长卷。

笔者书写的是戴叔伦的《苏溪亭》，“苏溪亭上草漫漫，谁倚东风十二阑。燕子不归春事晚，一汀烟雨杏花寒。”最后，全体去往湖边，举行问道寻源座谈。

一

桃红柳绿春意闹，
湖光山色景色新。
仰山雅集赋风流，
笔歌墨舞续书情。

二

书法千年未了情，
源远流长流派多。
变化万千气象深，
奇怪生动大道成。

三

天道人道书有道，
初始初心创初艺。
寻根溯源追传统，
一笔弘道延脉脊。

仰山雅集诗忆（三首）

题记：2018年4月22日，戊戌春午，央视书画频道在奥林匹克森林公园南园展厅举办仰山雅集手札展，并举办现场创作活动及湖畔晚会。是日也，春风轻拂，阴云轻笼，丝雨偶顾，文人墨客借此纪念兰亭雅集，传承书法血脉，其景融融，其情逸逸，遂赋小诗以志之。

一

奥森公园景象佳，
书画频道展手札。
仰山雅集聚贤达，
笔歌墨舞颂芳华。

二

注里湖畔摆舞台，
文人墨客诉情怀。
春和景明天人乐，
春风化雨国风来。

三

濡墨挥毫写手札，
鸿雁传书抒胸膛。
文化传承有范式，
千古书魂万年长。

乙巳仰山雅集（四首）

题记：央视书画频道第 13 届仰山雅集，2025 年 3 月 22 日在北京奥林匹克森林公园南园举办。躬逢其盛，成此组诗以志怀。

一

拂柳东风绿未匀，
挥毫墨客意皆真。
仰山雅集群贤至，
共话丹青又一春。

二

素纸丹毫频道见，
荧屏逸韵墨香凝。
笔端百态乾坤绘，
艺海千秋雅趣承。

三

文坛盛事喜相逢，
墨客骚人聚一堂。
诗笔风流传佳话，
千秋万代满庭芳。

四

仰山迤逦碧波环，
春和风清墨未干。
四海群贤共仰止，
烟霞满纸作奇观。

肇庆组诗（七首）

题记：2017 年 12 月 23 日上午，肇庆七星岩牌坊广场举行万人书写大会。现场五千名中小学生以及肇庆其他四地分会场八千名学子，与来自海峡两岸的百位书法家在蓝天下共同挥毫，写福字写春联写时代，笔歌墨舞，盛况空前，气象万千，情景动人。央视网络进行了现场直播，一时好评如潮。此次活动由全国政协书画室、肇庆市政协等共同主办，人民画报社等单位协办。下午，与会嘉宾同访七星岩景区，共同观赏星湖摩崖石刻，千年石刻，风韵生动，令人叹为观止。特作此组诗纪念。

一

岭南春色四季长，
山欢水乐景福宽。
笔歌墨舞写时代，
盛况空前颂新愿。

二

端砚湿润名天下，
千年滋养育书魂。
万人书写新时代，
共庆神州梦乾坤。

三

五湖七星岩边绕，
四时八景江畔生。
端州自古风景秀，
润物化人传精神。

四

千年宋城挂红灯，

万里江山披锦绣。

无限风光岭南藏，

不尽气象天地流。

五

七星岩畔风光美，

更喜摩崖添风采。

千年石刻古洞藏，

万古西江滚滚来。

六

星湖石刻摩崖生，
千年诗廊壁上存。
马蹄碑写北海意，
草法心经颂书魂。

七

千年砚都灵境开，
山水之间摆字台。
万人挥动中山兔，
龙飞凤舞献福来。

莱西笔会感怀（二首）

题记：2017年10月16日，人民画报社在山东莱西举办“山楂红了——百名书法家走进莱西志愿”活动。笔者应邀出席。活动在莱西市城区月湖公园广场举行，当地百名儿童一起现场写字。书法家现场写福字，并给当地百姓送福。其时，乌云滚滚，大有山雨欲来之势，令人担忧。所幸苍天有眼，活动得以顺利举办。

一

山楂红了百姓欢，
墨客挥毫月湖园。
万福万家喜相传，
中国梦里尽开颜。

二

乌云滚滚惹人怨，

天公抖擞阻雨渲。

四方同书家国情，

百米共续文脉缘。

甲辰北京书展（五首）

注：2024 年 6 月 19 日至 23 日，第 30 届北京国际图书博览会在北京国家会议中心举办。

一

北京书展暑天开，
中外客人相拥来。
文化立言任意晒，
创新知识绝佳才。

二

丹若花开红艳艳，
光风霁月启人前。
籽榴相拥喜生长，
抱一发端天意贤。

注：何建明新书《石榴花开》英文版首发式，于19日下午举行。石榴又名丹若。

三

国门合作又来客，
友善为媒乐海涯。
对外出书连世界，
文明互鉴绽新花。

注：外文局国际出版合作机制扩员活动，于19日在书展外文局展台举办。

四

学术图书结新果，
中西合作上层楼。
外文签约连天下，
和合共生世界游。

注：外文出版社于 20 日在书展外文局展台与英国斯普林格出版社举办“学术中国”丛书版权合作活动。

五

绿波发展香天界，
带路文明谱妙篇。
专著弘彰宽视野，
图书传播永连绵。

注：浙江出版社于 19 日在书展浙江展台举办新书《读懂“一带一路”绿色发展理念》英文版首发式。

国家科技奖贺诗（三首）

喜贺复兴号高速列车荣获国家科学技术进步奖特等奖

列车高速若龙飞，
天堑通途来去归。
千里江山惊眼艳，
万安中国复兴辉。

喜贺李德仁院士荣获国家最高科学技术奖

卫星遥感抱云飞，
对地观瞻一笑挥。
千里眼光厘米聚，
见微知著会心归。

喜贺薛其坤院士荣获国家最高科学技术奖

前沿物理与时飙，

量子无常必有妖。

霍尔反应追捉弄，

高温超导领新潮。

贺中国—东盟首届媒体论坛（三首）

题记：首届中国—东盟媒体合作论坛于2018年5月12日至13日在江苏无锡召开，东盟各国媒体人士太湖论剑，共谋以媒体报道促进友好合作与和平的未来。余应邀出席开幕式并致辞。改先人郑板桥《竹石》诗以贺。

一

咬定和平不放松，
立根原在南洋中。
千磨万击还坚劲，
太湖携手幸福梦。

二

舆论本是双刃剑，
说好说坏悉赖情。
中国东盟心连心，
媒体先行树诚信。

三

太湖论剑话和平，
兄弟同心求福祉。
友邦友民友天下，
富国兴业寄深思。

荣休四题

一

酣畅淋漓尽兴睡，
疲劳慵懒梦中撕。
人生快活无多事，
醒后从容自在跻。

二

日见最珍回笼觉，
依稀别梦付风飘。
身轻心静懒腰细，
抖擞精神好弄潮。

三

快意人生属告休，

凌波逐浪乐悠悠。

从心所欲不逾矩，

圆梦归真自在修。

四

淳美人生是大休，

凌波一苇乐悠悠。

从心所欲不逾矩，

圆梦期颐任意修。

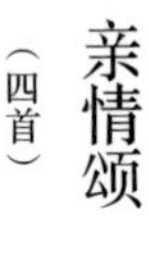

亲情颂

（四首）

一

子欲养兮亲盼待，
荣休喜遇米翁牛。
呼朋唤友齐欢贺，
鲐背望茶家国酬。

二

子欲养时亲喜待，
甲辰初夏庆团圆。
成欢和合家人聚，
换盏推杯笑语旋。

三

子欲养时亲善待，
同堂四世宅心宽。
咿呀学语虎娃闹，
鲐背蹒跚牛祖欢。

四

子欲养兮亲笑待，
天伦之乐世人攀。
古今上善至情同，
荣退喜随花月闲。

红豆诗忆

（二首）

一

红豆杉青水更幽，
霓裳羽衣华服就。
实业报国又富民，
绿化环境天地悠。

二

红豆南飞吴哥地，
西港特区创业佳。
中柬联手富民忙，
共建共享乐万家。

注：红豆集团在柬埔寨西哈努克港经济特区开发的产业基地，为当地百姓创造了众多的就业机会，造福了柬埔寨国民，也壮大了红豆集团的经济实力与国际影响力。

月

喜贺首届兰花奖（五首）

题记：中国文化国际传播大奖——首届中华文化国际交流兰花奖颁奖典礼暨国际文化论坛，于2023年9月8日在北京钓鱼台国宾馆隆重举行。来自美国、英国、俄罗斯、埃及、墨西哥、巴西、印度尼西亚、澳大利亚、日本、西班牙等十国为促进中外文化交流作出重要贡献的专家学者、文化名人喜获殊荣。

颁奖典礼

芳菲苑里绽兰花，
馥郁馨香气象华。
十位名贤喜折桂，
文明互鉴畅天涯。

文化论坛

文化传承开大奖，
嘉宾论剑钓鱼台。
兰花绽放香天下，
命运共存学鉴来。

迎宾桥宴

桥宴养生更养神，
情深意远谢朋宾。
古为今用亦惊艳，
文化交流与世新。

注：兰花奖迎宾晚宴定名桥宴，采用蒙自过桥米线为主菜，味道惊艳中外宾朋。

好事近·兰花绽放

秋到蕙兰开，开出万千光灿。十国花魁同至，馥芳精神赞。

世间命运一舟系，多元共存伴。文化交流常在，烂漫兰花散。

浪淘沙·兰花奖

夏有晓风吹，兰秀花呢，大千之往妙香归。文脉赓酬无断线，盛景常徊。

多叶一枝堆，弘道公推，江山代有各雄魁。和气基因延世久，大梦高飞。

左权印象诗词
（五首）

题记：2023 年 7 月 24 日至 25 日，因公带队去外文局对口帮扶的左权县调研脱贫攻坚、乡村振兴进展。小别五载，革命老区焕然一新，山乡巨变，群情振奋。得此诗词一组，以记怀。

一

左权民俗艺趣浓，
花调花戏万代红。
扭舞唱跳欢意闹，
文明自信古今通。

注：左权民风淳朴，率意热诚。民间民俗文艺丰富多彩，开花调、小花戏，自信自强，其乐无穷。

二

数字乡村创新长，

管天管地管山羊。

远程监控千家眼，

科学治农效用强。

注：外文局扶贫工作队接续在寒王乡里长村帮扶，发展野山羊养殖、光伏发电等项目，又建起了山西省数字乡村示范基地。用大数据平台管理全村生产生活，并远程监护居家老人，赋能乡村振兴。

三

田野写生创意红，
北南学子兴冲冲。
支框搁布画山水，
天地精神涂抹浓。

注：左权山水佳妙，风景如画。县政府在麻田、泽城、桐峪等处建起了颇具特色的北方国际写生基地，吸引国内美术学院师生前来游学写生、创作生活，不亦乐乎。

蝶恋花·挂职扶贫

挂职扶贫情未了。舍业辞家，为国行忠孝。意气青春乐天俏，解忧蹲点抛穷帽。

大棚种殖安民好。发电光能，照亮人心道。书屋复兴启蒙早，乡村美丽神州笑。

好事近·复兴书屋

扶智助攻坚，书屋复兴传世。中外古今集纳，概览文明史。

闲来翻阅养情怀，远方涵诗至。上下千年一瞥，治平修齐喜。

咏泰州

（二首）

咏祥泰之州

望海楼前亮，
凤凰台上光。
泰州呈渥润，
吉地串嘉祥。
文旅新风畅，
乡村喜气长。
佳肴珍味况，
悦目醉心昂。

苏幕遮·凤凰台

凤凰台，天地佑。祥泰之城，自古温馨就。水润泽田鱼米寿。龙马精神，灵地佳人秀。

板桥横，梅剧久。文化传承，后浪真豪厚。复兴梦华常守候。淮左奋飞，心旷神怡透。

甲辰光明友庆五一兼贺五四（三首）

光明友人聚庆

玉华宫里欢欣到，
老友重逢相聚骄。
荣退当归王高志，
酒酣耳热脸潮飘。

甲辰五四青年节贺

五四佳期至，
青春万岁开。
人人欣贺喜，
朝气吉祥来。

清平乐·甲辰五一

艳阳高照。天下齐欣笑。劳动节中欢乐闹。携幼扶长吉兆。

同沐新貌和颐。汽车高铁飞机。天堑通途坦路，人间到处佳期。

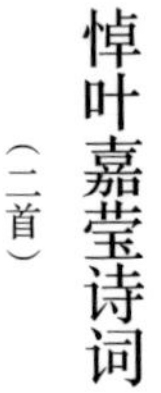

七绝

小荷弱德转蓬明，
如水寸心风雅生。
唐宋薪传光焰长，
诗词女史九州情。

临江仙

惆怅天年风雨，花飞总被伤缠。平生诗教传承欢。寸心如水漩，不肯与人言。

诗意女儿叶落，先生儒雅仙看。小荷柔德去繁删，雅情薪传外，感动洛神关。

忆故乡（十二首）

千垛菜花

千垛菜花黄，
万古风月香。
人家尽枕河，
兴化春意长。

板桥故居

竹伴疏窗养风月，
雨打芭蕉润云霞。
小院清幽文脉长，
板桥心情系万家。

乌巾荡

湖荡浩渺水连天，
鱼虾畅游乐陶陶。
千年滋养水乡人，
万古不变育英豪。

故乡的小河

小河无语润千秋，
绿野不言育万代。
天地立心生民命，
无事太平胜景开。

八字桥

八字小桥寿命长，
人间冷暖嵌石坊。
世上风云意会广，
知古知今风物张。

四牌楼

城中有个四牌楼，
楼阁高耸气宇昂。
往事如烟随风散，
牌匾历历人文彰。

东岳庙

大庙巍然立市中，
森然威严佑民众。
神人共渡岁月久，
安康福寿功劳重。

成家大司马

昔日深院今洞开，
民俗文化荟萃来。
竹船号子加道情，
各擅胜场寄风怀。

状元坊

状元牌坊立东门，
功名彰显民风淳。
人生在世须努力，
建功立业益增尊。

水上森林

远来李中看风景，
水上森林绽奇葩。
绿树冲天河里长，
林间泛舟游人夸。
万鸟啁啾翻飞忙，
百姓心情随风雅。
世上妙道凭虚造，
人间美景永续佳。

兴化吟

千汊万河绕兴化，
锅底洼里景象佳。
物华天宝惹人醉，
乐不思蜀心放花。
仙景美食醉客心，
人迹板桥添风雅。
自古游人在此过，
到了兴化不想家。

忆垛田

垛田好，风景旧曾谙。春来菜花黄似海，垛上奇景美翻天，能不忆垛田？

咏泉州诗词（四首）

题记：因出席首届海丝国际纪录片大会，于 2023 年 7 月 5 日再次造访世界遗产之城泉州，感悟历史烟云，体察国际传播，得此诗词一组。

泉州双桥

安平桥接洛阳先，
万古波涛百世延。
石板铺开鸿福路，
连城跨海漾清涟。

泉州日出

温陵看日出，
晏海见云欢。
天地喜清听，
山川添壮观。
鸟鸣驱夜遁，
风轻迎晨安。
世上重烟火，
人间好景端。

满江红·首届海丝纪录片大会

影像名家，汇福地、切磋技艺。放眼量、聚光丝路，风云英气。开放包容通海外，交流互鉴成新戏。且合作、共话友朋情，皆欢喜。

多少事，须重启。新项目，从长计！用电影记录、时代生计。人与自然和合敬，现今历史相交汇。齐携手、激荡好春潮，同风起。

注：古城泉州，世遗之地，文化名城。南宋理学家朱熹诗赞“此地古称佛国，满街都是圣人”，堪称福地。

卜算子·崇武古城

崇武古城边，海阔飞云闹。大地岩雕壮风景，惠女开怀笑。

笑也不忘忧，只语台湾岛。待到江山一统时，大展鸿图俏。

俳

江城子·闽宁镇复兴书屋喜贺

闽宁合作送穷神。海山亲，动乾坤。干旱难居，异地重安身。菌草生活齐布置。勤致富，喜从心。

复兴书馆焕然存。外文人，拓心襟。掷地有声，携手又同心。逐梦有情求共进。朝晖起，灿星云。

一剪梅·贺国家版本馆专家委成立

山远门深版本全，书也满满，图也卷卷。
工程传世大家观，古也圆圆，今也宽宽。

瀚济沁滋天下端，以史为鉴，永续成欢。
东南西北抱成团，文脉赓酬，文化长安。

注：国家版本馆分为北京总馆和西安、杭州、广州三个分馆，简称“一总三分”。各馆分别建有文瀚阁、文济阁、文沁阁和文润阁。为合辙压韵计，词中“润”改为“滋”。

江南柳·国际青年世界文化遗产对话活动

云南好，炎日太清凉，山水丰盈天气妙，
长风蒙面醉留香，消暑远人狂。

何事说，赞化景明光，中外宾朋来相会，
共承文化蕙芳样，和合世间忙。

踏云行·贺国际出版大厦启用

石景山中，万商汇聚，欣然大悦龙头驻。
外文大厦旭朝升，繁荣出版风光露。

鸿雁传书，电光绘素，助推发展无重数。
文明赓续永无休，为公天下长生路。

画堂春·喜观怒江脱贫

怒江奔荡急流风。壮声响彻天空。夏云多雨气豪雄。香郁葱葱。

一跃千年丰绩，去穷根、富国兴农。移民新筑万机浓。恩泽情钟。

满庭芳·观台绣有感赞中华刺绣

丝绣中华，女红花扎，算来千载风光。上针飞线，精彩细呈长。年少青春手快，待心细，轻透丝狂。神州里，风情万种，百姓有高强。

品评，情趣妙，精华无限，非同寻常。一带一路兴，举世无双。中外交流互鉴，选材广，色画悠扬。绫罗缎，香熏静雅，清梦绕高唐。

梦江南·北京书展

炎热日，中外客商全，书展北京勤互鉴，文明交响久绵延，和合共生牵。

好事近·中非峰会

秋满甲辰时，峰会中非欢笑。京邑喜迎宾客，共逐鸿福报。

携扶伙伴大椽笔，共同发挥好。现代化新六义，地球南方俏。

扬州慢·南国羊城

南国羊城，弄潮佳地，看清中国征程，引他方宾客，议天下民情。自新冠胡抡之后，往来骤减，人气稀清。多少事，线上开聊，都在云层。

中流击水，乱波风，浪遏舟行。观世纪情形，云翻云滚，难慰心旌。世界命根同在，家园梦，天下齐声。应从哪边晒，更期何处新生？

清平乐·早春

春风飘渺。望见青青草。破土而来诗景闹。大地一时新貌。

小河轻漾微淘。轻风拂动欢潮。岸柳含苞抽早，人间到处多娇。

浣溪沙·吊屈原

端午时分热衷肠，龙舟长汇汨罗江，慰怀屈子永思量。

忠义不渝真爱国，楚辞天问耀华章，漫漫求索万年昂。

渔家傲·冬雪

冬寒雪猛天地盖，洗淘万物无尘碍。上下一清新境载，游目快，北国风光流精彩。

围坐火锅亲谊在，呼朋掼蛋豪雄湃。兔别悠悠归去慨。岁月派，龙头抬起人神拜。

注：2023年12月中旬的一天，一场罕见的大雪降落北方大地，气温骤降。北京最低气温达到零下16摄氏度，而且持续一周左右日均最低温度都在零下15摄氏度上下。多年不见的寒冬降临，而这正在新旧年交替之际，兔年与龙年的轮班时期。

好事近·为祖国庆生

秋爽众欢高，山水多娇欣叹。华夏喜迎寿到，九州真烂漫。

七十五载年华稠，大鹏勤巡看。奋起直追强壮，复兴雄风赞。

风入松·甲辰中秋

仲秋佳气逸诗香，花好月圆狂。此间长乐天高爽，世上情，悲喜阴阳。争进酒来心醉，梦生千古思量。

从来衔志奋思扬，行止有时藏。江山仙境勤登瞰，叹唏嘘，吞吐苍茫。酬唱诗文随兴，墨欢歌笔情飏。

苏幕遮·京华秋日

意飞飏，秋色惠。京邑佳期，最美时新辈。云淡风清天日醉。花好人圆，岁月烟尘淬。

四时旋，轮转馈。节气依然，千载匀停兑。造化古今长恨废。成就梦华，世上终尊贵。

苏幕遮·大长天

大长天，秋叶碎。醉润梅兰，美味佳肴醉。
喜看晏阳春意翠。石库门楼，风韵人文贵。

友朋欣，欢叙汇。相顾无言，岁月流金馈。
惊叹书香羞月桂。笔墨诗词，静待飞花坠。

念奴娇·辞旧迎新

旧年飞去，望天际，云卷云舒飘渺。换岁初来，看大地，齐物甦苏傲笑。别旧迎新，山河壮丽，好雨春风绕。心花如画，太空明亮如曜。

回首平昔风烟，畅情冲吉兆，魂追宏渺。皓日天风，新计展，雄志凌云光耀。把酒言欢，共聊此地敬，愿君安好。迎来佳岁，拥扶同绘宏杳。

卜算子 · 庆元宵

正月十五闹元宵，八方客，共欢闹。龙舞狮欢，花灯千里俏。

三乡四水开颜笑，放鞭炮，烟火妖。古事新词，民俗文化骄。

画堂春·苍洱情

远山恬默卧龙歌。莳花雪月情和。绿肥诗理万机多。从不蹉跎。

鸟语欢欣鱼跃。醉心时、岁月如梭。沧茫湖海水天魔。无惧风波。

如梦令·掼蛋

小酌聚归牌侃，饭局匆匆均盼。聊发醉痴狂，约上有闲围战。掼蛋，掼蛋，时日飞花心颤。

江城子·秋访未名湖

未名湖畔好秋光。塔香芳。鹤侵窗。见道思齐、常念贯胸膛。文化自强新运动，高大上，拯迷航。

中秋诗会写新章，韵徜徉，逸飞昂，文友挥毫，泼墨见吾乡。才子佳人驰意气，遮不尽，热心肠。

清平乐 · 三星堆

三星堆早。古蜀文明妙。铜树立人金面罩。千载精华欢笑。

遗址原本台高。忽然老汉细瞧。沉睡玉岩光照，从此惊艳矜骄。

注：1929 年，当地农民偶然发现玉石器物，逐步揭开三星堆遗址考古大幕。从此，沉睡三千年的三星堆文物得以面世，一醒惊天下。

好事近·敕勒川

题记：近日，到内蒙古呼和浩特出席“丝路百城传”丛书有关作品首发活动。其间，抽空到敕勒川草原主题文化走廊参观后留下了这首词。有网评曰：读后通篇朗朗上口，意境雄阔，从远古敕勒川，剑指时代发展，国际视野鲜明，并赋美好祝福。

敕勒正秋肥，青绿阴山雄旷。漫步蒙原之上，有牛羊美壮。

草鹰飞舞云霄意，豪气冲天放。高铁班车穿越，带路添香朗。

江城子·碛口古镇

黄河九曲第一湾。水清湍，庙龙盘。商埠明清，经贸往来欢。陈醋老茶豪气贯，芳香醉，碛飞仙。

红军东渡过难关。码头前，乱石滩。小巷清幽，隐迹伟人穿。革命征程开大路，决胜去，好安然。

江城子·吕梁山脉

吕梁山脉振长云。万家春，绿窗新。黑色煤层，丰富探源真。百业奔腾欢快映，风长顺，绕乡村。

救亡图治育精神。志坚贞，壮怀纯。奉献忠诚，勇毅斗争尊。革命老区创大路，崇德兴，乐生根。

苏幕遮·天山书

大山巅，长雪冻。秋雨飞来，骤变寒风动。
乌鲁木齐传记供。今世前尘，一册千年控。

喜修文，新著用。以此为媒，融贯民心颂。
文脉赓吟存正种。远避纷争，自在从心弄。

好事近·苍山洱海

题记：因参加洱海论坛，再赴大理，得此词句，以伸雅怀。

大理瑞云骄，洱海苍山宏亮。雄震东南威武，旧城新貌壮。

茶商古道新生忙，交流互通畅。文旅富安丝路，论坛添兴旺。

苏幕遮·故乡吟

题记：故乡兴化光荣入选国家历史文化名城，古城新喜，聊以小词以贺。

故乡吟，千载史。水陆名城，荣耀今重记。碧岸悠悠环古地。巷陌深深，文化传千里。

史留痕，人共喜。文物多多，胜迹多瑰丽。古韵新风相映起。岁月悠悠，名迹添新力。

破阵子·天上白云丽日

天上白云丽日，山头明月长圆。世界之巅风物壮，拉萨倾城飘袅烟。清新动目弦。

绿树上山添秀，入湖河水澜安。大厦高楼平地起，特式民居成串连。世人神气仙。

徊

井冈山词忆（十首）

题记：癸卯夏，因参加“弘扬井冈山精神、牢记三个务必”第24期省部班培训，得以重上井冈山，再受红色洗礼，获益良多，感慨系之，依词林正韵，成此组词。

水调歌头·重上井冈山

久有还愿意，重上井冈山[1]。梦中常见福地，今日得偿看。到处青山绿水，更有清风云伴，飘忽雨添欢。再走长坑路[2]，旧忆暖心端。

生态美，环境好，逆旅宽。十三年节过去，岁月哪曾闲？别了光明青创，又为国传奋楫，接续凯歌还。世上有难事，何惧没人攀？

注：1. 2010年，笔者曾来井冈山党校参加中青班学习，次年春组织安排，由光明日报社交流至外文局任职，故有还愿之想。

2. 长坑路，即校区主通道。

满江红·井冈山

万象巍峨，四下里，千峰翠流。抬眼望，青天平淡，林海悠悠。五百山冈风与雨，八方师友学和求。续征程，踔厉远行中，基业留。

振兴事，奋进谋。统一梦，待时酬。看百年变局，风起云游，民族复兴开好步，世间大同转机修。誓愿成，命运共鸣增，欢乐收。

相见欢

重新上了坪峰。兴冲冲。欣喜午来清雨晚来风。井冈子，惹人醉，意尤浓。自是人生长乐水长东。

十六字令

山，不朽峰峦翻碧澜，开怀览，星火燎原看。

减字木兰花·情景教学

山横云雾，现境教程情景具。往事成烟，星火燎原忆俊贤。

此行何去？吉地瑞金兴国路。大道居安，红色基因永向前。

采桑子·井冈

岁华如是人如是，上了山冈。再上山冈，旧貌新颜处处强。

一年一度红鹃美，不似新光。胜似新光，浩荡正风万里昂。

西江月 · 苏维埃政府

大宅堂开新局，二苏大荡新风。治军强党好庄重，我自创新推动。

早已文韬武略，更加成竹连胸。党旗军令舞长空，红色政权奋勇。

注：中华苏维埃第一次全国代表大会，在瑞金谢家祠堂召开，第二次全国代表大会在瑞金红井召开。中国共产党治国理政的伟大探索就从这里开始了。

渔家傲·漳州古城

江南宋城文脉坦，客家摇弋气清灿。四圣坊前光耀贯，叹大观，福寿沟古灵犀伴。

革命老区沿岸畔，红都圣地翻波澜。摘帽攻坚安康赞，同心干，郁孤台下旌旗漫。

清平乐 · 井冈情

柏露分晓，上下高冈早。八角楼中人未老，胜利会师独好。

云霄山里高峰，英雄转战神龙。军队改编铸宝，更喜郁郁葱葱。

菩萨蛮·黄洋界

井冈山里心潮涨，黄洋界上魔军帐。故地喜逢时，神怡迟别辞。

千峰流翠羽，万籁炮无语。带路动天涯，浇开幸福花。

相思引（四首）

西夏王陵

大漠孤烟塞外长，平川旷野映天光。
荒坟枯立，道不尽沧桑。

兴庆府中西夏立，凤凰城内革新忙，
贺兰山证，华夏一家强。

注：党项族独谋西夏国，创文字，兴文教，融宗教，图治理，历十帝，存世 189 年。然中华泱泱，多元一体，势不可当。无忠不久，无良难立，忠孝传承，不可违碍。西夏灭，回归好。巍巍中华大家庭，再续大一统。

贺兰山岩画

千古岩图天意存，贺兰雄壮日星薰。艺林宝库，大道逸飞云。

塞外江南农产富，平川旷野一河尊。风烟如画，草泽绕山村。

沙坡头

九曲弯环沙岸头，水光山色客来游。飞黄腾达，来去不须愁。

丝路驼铃冲浪爽，飞天大漠惹云羞。羊皮筏动，老汉唱情悠。

闽宁镇移民脱贫致富

闽宁偕行脱帽扔，东西携手富民生。同舟共济，团结奋飞恒。

山海情深多合作，红茶枸杞感通成。创新发展，中国梦豪情。

渔父词·千朵菜花（三首）

一

千朵水田菜花香，花径缠绵醉心上。
云淡淡，水悠悠，游人泛舟画中藏。

二

千朵菜花黄又香，桨声丽影醉新娘。
雾朦胧，水朦胧，游人如织画中赏。

三

千垛菜花漫天黄，板桥白塔画阁藏。春烂漫，风轻淡，船娘摇桨游客爽。

篆香词（三首）

题记：篆香是中华传统文玩之一。在炉灰上用香篆模洒上香粉，点燃焚尽后形成篆字或其他图案，别有情趣。2023 年 7 月 5 日下午，在上海大学艺术学院初识此法，大开眼界。

长相思

香自流，各自流，流到千秋心上头。清茶杯盏优。思悠悠，情悠悠，梦到何时方始休？荷花醉倚楼。

清平乐

乐从何溯？篆霭添心路。非遗传承闲事度，孩稚好奇学注。

乐往何处逍遥？三千弱水一瓢。前史今文待解，历史烟柳飘飘。

西江月

沐手平灰填篆，心安手稳魂牵。中华文玩永绵延，留住非遗一片。

无数个名品外，选材呈现窗前。轻燃模拓茗炉边，修禊养心增见。